I0551289

PAPUS

LES DOCTRINES THÉOSOPHIQUES

LES SEPT PRINCIPES DE L'HOMME

au point de vue

SCIENTIFIQUE

Extrait de la Revue Théosophique

PARIS

CONFÉRENCE DE LA SOCIÉTÉ THÉOSOPHIQUE HERMÈS

rue Stanislas

1890

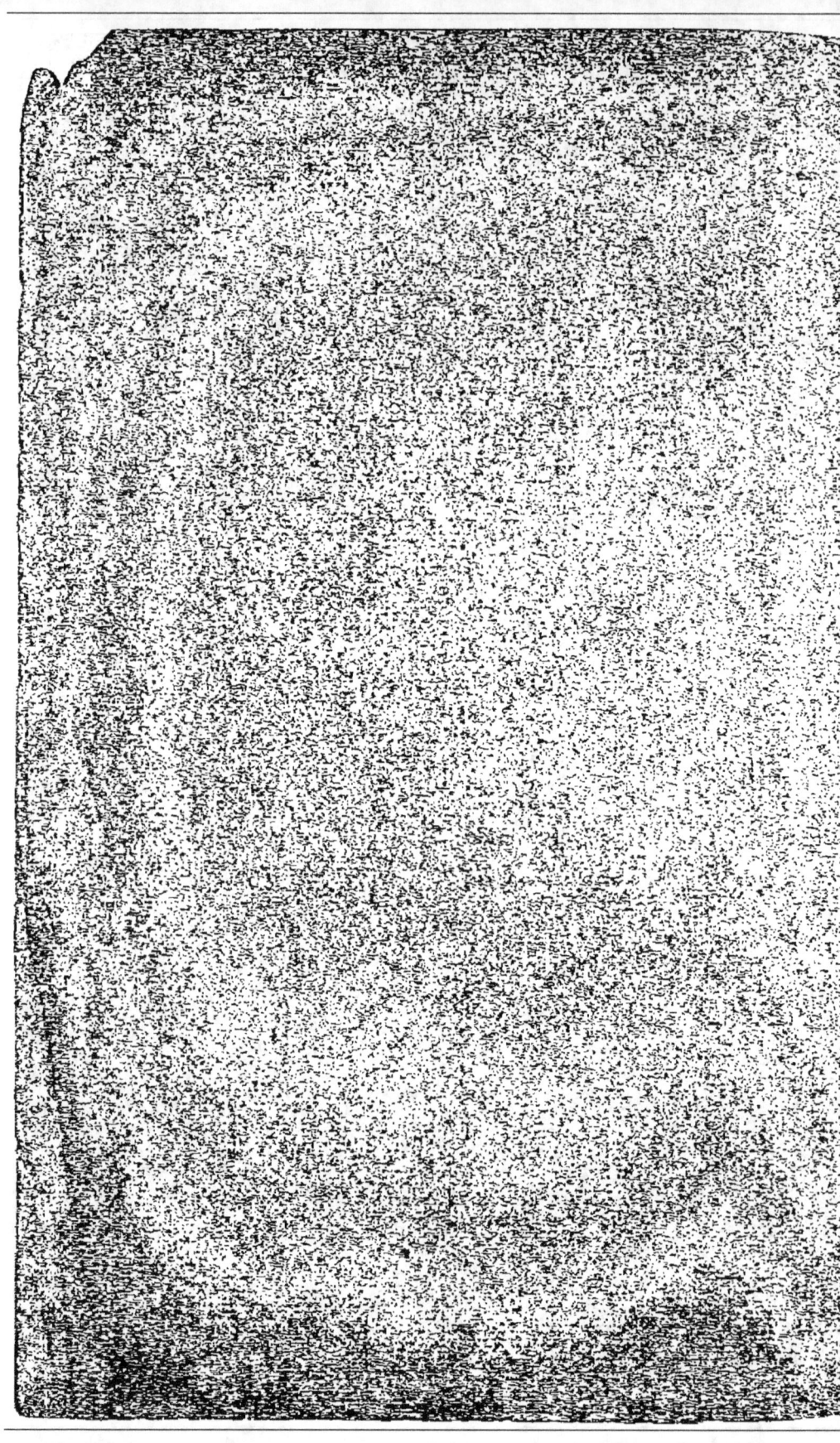

PAPUS

LES DOCTRINES THÉOSOPHIQUES

LES SEPT PRINCIPES DE L'HOMME

au point de vue

SCIENTIFIQUE

EXTRAIT DE LA *Revue Théosophique*

PARIS

CONFÉRENCE DE LA *SOCIÉTÉ THÉOSOPHIQUE HERMÈS*

7, rue Stanislas, 7

—

1889

PAPUS

LES DOCTRINES THÉOSOPHIQUES

LES SEPT PRINCIPES DE L'HOMME

LES SEPT PRINCIPES DE L'HOMME

AU POINT DE VUE SCIENTIFIQUE (1)

_____

A M. Ad. Franck.

Plusieurs causes tendent à rendre les études théosophiques inabordables aux chercheurs européens consciencieux.

Sans vouloir énumérer toutes ces causes, contentons-nous de signaler aujourd'hui les principales.

La première, c'est le cadre exclusivement philosophique sur lequel se meut l'argumentation généralement employée par les défenseurs de la doctrine. La seconde, c'est l'emploi des mots techniques qui ne sont jamais assez clairement définis.

Peu de questions montrent ces défauts avec plus d'évidence que celle de la constitution de l'homme. Lisez avec soin les nombreux articles écrits sur cette question et vous serez frappés, après cette lecture, du peu de netteté avec laquelle les principes énoncés se classent dans votre esprit.

Vous connaissez sept noms mystiques par lesquels sont définis les sept principes de l'homme ; mais il vous est impossible de vous faire une autre idée de ces principes que celle d'une nomenclature exclusivement philosophique.

Devant ces affirmations métaphysiques, le savant matérialiste hausse les épaules et retourne étudier ce *qu'il peut voir*, considérant tout le reste comme contes de bonne femme. Le savant matérialiste a raison d'agir ainsi et ce n'est pas en l'accusant d'intolérance et d'imbécillité qu'on peut arriver non pas à le convaincre, mais tout au moins à lui faire écouter ce qu'on prétend démontrer.

A tous les arguments invoqués par les théologiens pour prouver l'exis-

_____

(1) Conférence faite à la Société Théosophique Hermès par le secrétaire correspondant.

tence de l'Enfer, du Purgatoire ou du Paradis, le positiviste se contente d'opposer la science en disant : « J'ai la faculté d'apercevoir avec mon télescope une certaine portion de l'Univers, montrez-moi donc où sont logés vos lieux de Pénitence, de Purification et de Béatitude ; nous pourrons alors commencer à nous entendre ».

Il en est exactement de même pour ces fameux principes de l'homme. Au lieu de discuter devant l'Occidental si le 4° principe suivra de préférence le 3° ou le 5°, il est nécessaire avant tout de savoir où ces principes sont logés dans l'homme, *anatomiquement et physiologiquement parlant*.

La démonstration ainsi présentée est assise sur des bases inébranlables et emprunte au Matérialisme lui-même les arguments solides de sa réalité.

Nous allons donc étudier les sept principes de l'homme au *point de vue physiologique* en déterminant exactement ceux que la science actuelle a découverts et localisés ; mais en montrant aussi ceux qui sont du domaine plus élevé de l'esprit quoique en rapport appréciable avec les premiers.

Nous ferons appel pour cette étude aux enseignements de l'occultisme occidental de même qu'à ceux de la physiologie positiviste. La Théosophie ne doit en effet combattre aucune doctrine sous peine de perdre *ipso facto* son caractère essentiel. Elle doit montrer L'UNITÉ de toutes les doctrines dans la Vérité sans vouloir augmenter encore les divergences d'écoles pour faire prédominer une doctrine de détail sur une autre doctrine de détail. Voilà pourquoi nous cherchons avant tout à « concilier les profondeurs des vues *théoriques* anciennes (révélées par la Théosophie) avec la rectitude et la puissance de *l'expérimentation* moderne (révélée par la Science Positiviste) » (1).

⁎⁎

IDÉE GÉNÉRALE DE LA CONSTITUTION PHYSIOLOGIQUE DE L'HOMME :

La méthode de la Science Occulte, *l'Analogie* (2), permet de déterminer la constitution physiologique de l'homme en considérant la moindre de ses parties constituantes. Le globule sanguin seul nous donnerait cette loi fondamentale encore inconnue des physiologistes actuels ; cependant, comme l'étude des globules sanguins nous entrainerait dans des considérations d'histologie trop techniques, nous allons prendre comme base d'étude *une phalange*, sûr d'y trouver les principes constituants de l'homme tout entier.

---

(1) Louis Lucas.
(2) Voy. *Traité élémentaire de Science Occulte*, par Papus.

Considérons donc la phalange de notre index qui porte l'ongle (phalan-gette) et voyons en quelques mots sa construction.

L'anatomie nous enseigne que cette phalange contient des os, des muscles, des vaisseaux sanguins et lymphatiques et des nerfs. Chacun de ces organes est formé de cellules de formes très différentes. Posons donc tout d'abord l'existence *du corps* de notre phalange, corps formé par des éléments matériels variés.

La partie fondamentale, le support de ce corps, est formée par *des os*, sur ces os viennent se greffer *des muscles* qui les mettent *en mouvement*, le mouvement est entretenu par *la vie* de tous les organes situés dans notre phalange.

MOUVEMENT et VIE voilà donc deux termes nouveaux dont il nous faut déterminer l'origine. Commençons par le dernier : la Vie.

Dans l'intérieur ou au pourtour des os, des muscles et des nerfs, rampent les vaisseaux sanguins apportant le sang oxygéné par les artères, emportant le sang désoxygéné par les veines. Que vient faire là ce sang et quel est son but ?

Pour le savoir, mettons à contribution la science expérimentale et empê-chons le sang d'arriver à la phalange en liant l'artère. Que se pro-duit-il ?

La phalange se nécrose et MEURT, sans toutefois cesser un instant d'être mue sous l'influence de la volonté. Si la phalange meurt quand on empêche le sang d'arriver, il est clair que le sang est le *siège de la vie*.

Voilà donc deux éléments bien déterminés dans notre phalange.

1° Le corps constituant.

2° La vie grâce à qui l'existence et les fonctions de ce corps persistent.

Nous n'avons pas ici à entrer dans le détail et à démontrer si la vie est une entité réelle ou le résultat chimique de l'oxydation et de la désoxyda-tion de l'hémoglobine. Ces démonstrations nous entraîneraient trop loin. Restons donc à la simple détermination de nos deux premiers éléments : le corps et la vie.

Un dernier élément reste à étudier : *le Mouvement.*

Si le sang n'arrive plus à la phalange, celle-ci meurt, nous l'avons vu ; mais *sans cesser de se mouvoir.* Réciproquement si une *paralysie* vient empêcher les nerfs d'agir, la phalange ne peut plus se mouvoir ; mais *sans cesser de vivre.*

La Vie et le Mouvement sont donc indépendants ; l'une est amenée par les vaisseaux sanguins, l'autre par *les nerfs.*

Les Nerfs placés dans notre phalange sont de deux sortes : les uns *la font mouvoir* sous l'influence de notre volonté, et manifestent à notre consbidnce ce qui se passe dans la phalange ; ce sont les nerfs moteurs et les nerfs sensitifs ; les autres *font vivre* cette phalange en faisant contracter les vaisseaux qui apportent le sang et l'emportent ou en permettant aux diverses cellules osseuses, musculaires ou nerveuses d'exercer leurs diverses fonctions, le tout indépendamment de cette volonté et tout à fait à l'insu de la conscience : ce sont *les nerfs vaso-moteurs* émanés du *grand sympathique*. — C'est sous l'influence de ce nerf que des portions de phalange enlevées par une blessure peuvent se reconstituer *dans la forme primitive* ; mais le cadre de notre étude ne nous permet pas d'entrer dans des détails complémentaires à ce sujet.

Contentons-nous de résumer ce que nous avons dit jusqu'ici en montrant :

1° Que la partie matérielle de notre phalange ou corps est constituée d'une foule de cellules de formes et de fonctions différentes.

2° Que ce corps de la phalange vit sous la double influence du sang et des filets nerveux du grand sympathique. La vie est sans cesse apportée par le sang ; mais une partie est en réserve dans les *ganglions du grand sympathique* (1).

3° Que la phalange SE MEUT, sous l'influence de la volonté et se révèle à la conscience par la sensation. La volonté et la sensation sont respectivement transmises par les nerfs moteurs ou centrifuges et les nerfs sensitifs ou centripètes analogues aux artères et aux veines.

Le Corps,

La Vie,

La Volonté,

Tels sont les trois éléments principaux que nous venons de déterminer dans l'étude de notre phalange — Voyons leur origine ! — Nous allons ici énumérer nos conclusions sans développement, sous peine de transformer cette courte étude en un véritable volume.

Les éléments nécessaires à la réparation des pertes *matérielles* de l'organisme sont fabriqués dans le VENTRE. On peut dire, en deux mots : Le Ventre fabrique le corps.

La Vie nécessaire à la réparation des pertes *vitales* de l'organisme est fabriquée dans LA POITRINE (fonction de respiration). En deux mots : La Poitrine fabrique la Vie.

_____

(1) Toutes ces données font partie d'un grand travail en cours d'exécution sur l'alliance absolue de la Science occulte et de la Science expérimentale. Nous ne pouvons développer chacune de nos conclusions ici, quoique nous ayons toujours en main les éléments scientifiques nécessaires à leur développement.

La volonté nécessaire au mouvement conscient de l'organisme tire son origine DE LA TÊTE. La Tête fabrique la volonté.

Os
CORPS

Vaisseaux Sang   Nerf
VIE   VOLONTÉ

Tête
VOLONTÉ

Poitrine
VIE

Ventre
CORPS

1re phalange de l'index
(schéma)

Les Trois centres de l'Homme
(schéma)

Figure schématique de la constitution physiologique de l'homme.

Voilà donc trois centres, le Ventre, la Poitrine, et la Tête correspondant absolument à nos trois éléments : le Corps, la Vie, la Volonté. La façon d'agir de ces centres doit donc toujours être analogue. Voyons si cette déduction est vraie.

IDÉE GÉNÉRALE DE LA CONSTITUTION PSYCHOLOGIQUE DE L'HOMME

C'est maintenant que nous allons faire appel à l'occultisme occidental dans la personne d'un de ses plus illustres représentants : Fabre d'Olivet, en montrant comment les données anatomiques et physiologiques que nous venons de déterminer, éclairent d'un jour tout nouveau les données psychologiques. C'est en partant de cette double concordance que nous ferons appel tout à l'heure à l'occultisme oriental pour montrer son unité avec toutes les données précédemment acquises.

Nous avons vu que le corps se manifestait à la conscience par la sensa-

tion. Par quoi se manifestent à cette conscience les deux autres éléments: la Vie et la Volonté ?

La Vie a son siège principal, nous l'avons vu, dans la Poitrine. Or, quand vous avez un chagrin violent ou un amour intense, où vous sentez-vous touché ? *au cœur,* vulgairement parlant ; *au grand sympathique* (plexus cardiaque), scientifiquement parlant (1) ; *au corps astral,* ésotériquement parlant ; et là se trouve en effet le siège du SENTIMENT, qui est pour la vie ce que la sensation est pour le corps.

La volonté se manifeste de même à la conscience par la liberté de faire ou de ne pas faire, appelée par Fabre d'Olivet : ASSENTIMENT.

La sensation caractéristique du corps, se manifeste par *le besoin.*

Le sentiment se peint par *la passion.* L'assentiment par *l'inspiration.*

L'homme est donc nécessité, passionné ou inspiré suivant le centre qui se réfléchit à sa conscience. Mais là ne doit pas s'arrêter notre analyse.

La sensation nous cause *du Plaisir* ou *de la Douleur,* suivant la façon dont notre corps est impressionné.

Eh bien, le sentiment nous cause aussi de *l'Amour* ou de *la Haine* suivant la façon dont la vie est impressionnée.

L'assentiment nous révèle aussi *la Vérité* ou *l'Erreur,* suivant la façon dont la Volonté est impressionnée.

La Sensation, le Sentiment et l'Assentiment, n'est-ce pas *une même chose* diversement « colorée » suivant les milieux d'où elle émane ?

De même le Plaisir, l'Amour et la Vérité sont *une même chose* considérée *positivement* à divers points de vue, comme la Douleur, la Haine et l'Erreur sont cette même chose considérée *négativement* à ces points de vue.

Arrêtons là ces digressions sur le Corps, la Vie et la Volonté, digressions que nous pourrions pousser fort loin avec Fabre d'Olivet. Il nous suffit, pour l'instant, d'avoir déterminé l'unité de ces principes triplement différents. Nous allons pouvoir en tirer d'importantes conclusions.

Avant de passer à d'autres considérations, il nous faut résumer ce que nous avons dit en trois figures. C'est la même figure originelle: *le triangle* qui sert de base à nos trois schémas pour bien montrer qu'ils expriment

_____

(1) Claude Bernard, *la Science expérimentale.*

la même chose considérée en trois aspects différents, corps, vie ou volonté suivant le cas.

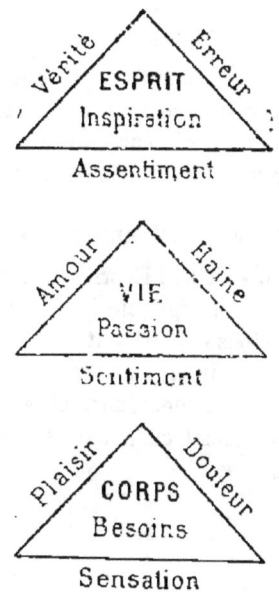

Figure schématique résumant la constitution de l'Homme, d'après Fabre d'Olivet

(Manque la 4ᵉ sphère, sphère du libre arbitre)

RAPPORTS DES PRINCIPES ET DES NOMBRES

Le Corps, la Vie et l'Esprit, anatomiquement générés par le Ventre, la Poitrine et la Tête, représentent en somme un seul principe diversement évolué. Si nous voulions les désigner par *des nombres*, il nous faudrait trouver trois chiffres représentant l'unité de différents degrés. Or, l'emploi des méthodes de calcul pythagoriciennes, méthodes totalement perdues de nos jours et que nous avons reconstituées un des premiers (1), permet de voir que 1, 4 et 7 représentent bien l'unité à différents degrés. En effet, en addition théosophique, $4 = 1 + 2 + 3 + 4 = 10$; $10 = 1 + 0 = 1$; $7 = 1 + 2 + 3 + 4 + 5 + 6 + 7 = 28$; $28 = 2 + 8 = 10 = 1$.

Voilà donc 3 nombres : 1, 4 et 7, qui représentent le même nombre 1 diversement considéré. Nous pouvons donc établir un rapport de suite et dire :

---

1) Voyez Papus, *Traité élémentaire de Science Occulte*, chap. II.

1 représentera　　le Corps
4　　　—　　　　la Vie
7　　　—　　　　l'Esprit.

Disons tout de suite que ces nombres représentent effectivement l'ordre des 3 principes de l'homme qui portent ces noms d'après l'occultisme oriental. Nous reviendrons tout à l'heure sur ce sujet.

Disons deux mots de ce que deviennent ces principes à la Mort.

LA MORT ET LA RÉINCARNATION

L'essence du principe supérieur, l'Esprit, le porte à *s'élever*, ésotériquement parlant. L'essence du principe inférieur, le Corps, le porte à *tomber vers la terre* d'où ses principes constituants sont sortis. La Vie joue donc le rôle d'un véritable *lien* réunissant en un tout harmonieux le principe qui veut monter et celui qui veut descendre et les forçant tous deux à réaliser un perpétuel équilibre. Les trois flèches suivantes indiquent ces trois particularités de nos principes.

A la mort, chacun des éléments retourne où le poussent ses affinités. Le Corps revient à la terre, la Vie se répand dans la Vie Universelle de la Planète et va animer d'autres êtres. Quant à l'Esprit, il *monte* d'autant plus haut que la vie de l'être a été plus spirituelle. Ces mots de *monter*, *descendre*, sont des images, et rien de plus; Swedenborg a fort bien vu que le côté occulte des choses est en *dedans* et n'est pas du-dessus ni au-dessous. Nous employons les termes courants pour être clairs, toutes réserves faites d'ailleurs. La Théosophie enseigne de même certains détails au sujet de la *transformation post mortem* des sept principes de l'homme. Nous n'avons pas à revenir ici sur ces données déjà connues et nous allons revenir sans plus tarder à l'étude de nos trois principes.

L'Esprit, avons-nous dit, monte plus ou moins haut suivant la spiritualité de l'être. Les Kabbalistes disent en effet que l'amour des choses matérielles et viles augmente l'affinité de l'Esprit pour la Terre et diminue sa faculté d'ascension après la mort. Une figure simple va résumer tout cela.

Au bas sera la terre; au-dessus, seront figurées trois couches indiquant schématiquement les différentes régions spirituelles dans lesquelles s'élèvent les Esprits.

Les Esprits sont désignés par une Croix.

Figure schématique pour l'étude de l'incarnation.

L'INCARNATION.

Cette figure est destinée à éclairer la théorie que nous allons donner de l'incarnation. Comment se fait-il que l'être qui a eu dans sa vie précédente un beau *Karma* (somme des mérites et des démérites) ait dans l'incarnation suivante un beau corps et que, réciproquement, le mauvais riche, le suicidé, ou l'égoïste ambitieux d'une vie précédente devienne un pauvre au corps rachitique dans la vie suivante? C'est ce que va nous montrer cette figure.

La Physiologie étudiée avec les lumières de l'ésotérisme nous enseigne que la première phase de la conception humaine consiste dans la fixation, — sur la matière de ce qui sera le corps futur — de la Vie Universelle. La Vie universelle dans laquelle, à la mort, s'était répandu le *médiateur plastique* ou la Vie de l'être, va donc encore se *spécifier* pour donner naissance au corps qui naît. L'alliance de la Vie et du Corps produit un véritable foyer d'attraction, une véritable aimantation qui va attirer un des esprits destinés à diriger le nouvel être.

Si les parents de ce nouvel être sont des ivrognes et des êtres inférieurs, physiologiquement parlant, *la force d'attraction* produite par la conception sera *très faible* et ne pourra qu'attirer un des esprits situés dans la région inférieure, c'est-à-dire un être qui a eu un *mauvais Karma* dans l'existence antérieure. Voilà pourquoi cet esprit renaîtra dans un corps rachitique, fils d'ivrognes. C'est là le cas figuré en A sur la figure précédente.

Si au contraire les parents sont des êtres vertueux et supérieurs, la force d'attraction sera considérable et un bel esprit viendra diriger un beau corps. C'est le cas figuré en B.

Mais cet esprit *n'entre jamais complètement* dans l'être. Il reste au-dessus de lui et constitue son *higher-self*, *son idéal*, *son Dieu*, ainsi que l'a vu M. Sinnet, et, avant lui, Wronski, ainsi que le fait est également décrit dans les communications spirites intitulées *les Dualités de l'espace*, récemment publiées par les soins de Eugène Nus. Si nous voulons donc figurer la place occupée par nos trois principes, nous placerons le principe 1, le corps, *dans le Ventre*, le principe 4, la vie, *dans la Poitrine* et le principe 7, l'Esprit, *au-dessus de la tête*. Ainsi :

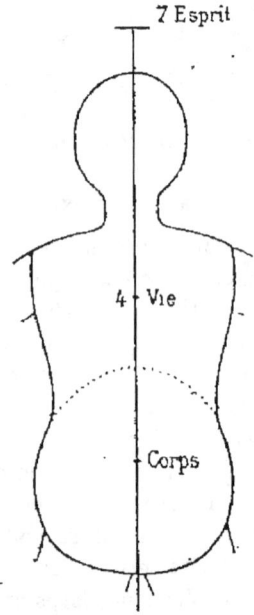

Figure schématique montrant la situation du 7e principe par rapport à l'homme.

LES SEPT PRINCIPES, D'APRÈS L'OCCULTISME ORIENTAL

Nous venons de déterminer les trois principes de l'homme, et nous vous voyons déjà que l'un d'eux, le 7ᵉ, échappera à toute analyse matérielle, positive, puisqu'il est hors de l'être. L'analyse de ces principes va nous montrer cependant tous les intermédiaires avec leur localisation physiologique et leurs propriétés.

Analysons d'abord le principe 1, *le Corps*.

Le corps comprend tout d'abord un grand nombre de cellules matérielles qui le constituent à proprement parler. Mais chacune de ces cellules possède en elle-même *une vie propre* indépendante de la vie des autres parties de l'organisme. Ainsi la cellule musculaire a en elle une vie particulière d'où naît sa faculté de contraction. Le globule sanguin apporte incessamment de quoi renouveler cette *vitalité* des cellules fixes, mais il n'en est pas moins vrai que cette vitalité a une existence réelle. Voilà donc deux grandes localisations de la vie.

1º *La Vitalité* située dans chaque cellule de l'organisme ;

2º *La Vie* charriée à travers cet organisme par le globule sanguin. C'est la condensation de cette vie qui produira le *Corps astral*. L'analyse *du corps* nous a donc fait découvrir trois principes :

1. Le Corps lui-même. Le Corps du corps.
2. La Vitalité . . . La Vie du corps.
3. Le Corps astral. . L'Esprit du corps.

Mais ce corps astral tient autant à la vie organique elle-même qu'au corps. En effet, la force vitale du sang ne va-t-elle pas se condenser dans *le grand sympathique* et dans ces innombrables ganglions qui constituent pour elle de véritables *réservoirs* ? Les plexus nerveux de la Poitrine et du Ventre sont les centres véritables de ce corps astral, mystérieux moteur de notre organisme à l'étude duquel Louis Lucas consacre sous le nom d'*Enormon*, les deux volumes de sa *Médecine Nouvelle* (1). Le centre de direction de la vie organique ou *instinctive* constitue bien le centre de la vie elle-même, c'est ce 4ᵉ principe que nous avons déjà étudié sous ce nom et que les Orientaux appellent *l'âme animale*, nom parfaitement justifié par sa localisation spéciale de *l'instinct*.

Dès qu'un ganglion du grand sympathique atteint le cerveau, l'évolution du système nerveux nous démontre la naissance d'une modification particulière de la vie ; la naissance de facultés nouvelles caractérisées chez

---

(1) Louis Lucas, la *Médecine Nouvelle*, 2 vol. in-8ᵉ, 1863.

l'homme où elles atteignent leur plus haut développement, par l'*intelligence*, et la *faculté de raisonner et d'apprendre les sciences*. La localisation de cette faculté est bien dans le cerveau.

Si nous résumons ce que nous avons dit jusqu'ici de la Vie, nous obtiendrons les données suivantes :

3° Le *Corps astral*, qui était l'Esprit du corps, mais qui n'est que le *Corps de la vie*, localisé dans le globule sanguin et les ganglions du grand sympathique. Ce principe est donc commun au Corps et à la Vie.

4° *L'Ame animale* ou la Vie en elle-même. *La Vie de la Vie* localisée dans le plexus du grand sympathique.

5° *L'Ame humaine* ou la Vie spiritualisée par l'évolution. *L'Esprit de la Vie* localisé dans le cerveau.

Cette faculté merveilleuse dont nous sommes si fiers n'est cependant que la plus inférieure de l'Esprit lui-même. Le savant, pour aussi célèbre qu'il soit, peut, après sa mort, être moins bien traité par son Karma qu'un ignorant vertueux. L'ésotérisme place en effet la Sagesse au-dessus de la *Science* ; la *Spiritualité* au-dessus de l'*Intellectualité*. Un sage ou être spirituel est celui qui a évolué au 6° principe, tandis que le savant n'a évolué qu'au 5°. Où est donc localisé le 6° principe ?

Il n'est pas localisé, ou du moins il l'est fort peu, dans les cellules nerveuses du sommet de la tête. A lui s'arrête en effet la Science et ses méthodes. Le savant ne peut le comprendre.

L'Occultiste seul peut en saisir toute la portée.

Le 7° principe est au-dessus de l'être et par suite échappe à notre analyse plus encore que le 6°. L'Esprit nous apparaît donc ainsi formé :

5° Le *Corps de l'Esprit*, partie la plus inférieure.

L'Ame humaine (Intellectualité, Science).

6° La *Vie de l'Esprit*.

L'Ame angélique (Spiritualité, Morale) *Dévakan*.

7° *L'Esprit de l'Esprit*.

L'Ame divine (Divinité) *Nirvana*.

Le problème théosophique consiste, ainsi que l'a si bien démontré Wronski, à faire rentrer dans l'être ces 6° et 7° principes qui sont hors de lui, à unir l'homme à l'ange et au dieu qu'il porte latents en lui. L'espace nous manque pour étudier l'évolution de ces principes après la mort. Il suffit de se reporter aux écrits théosophiques pour avoir de nombreux détails à ce sujet. Pour ma part, je me contente de résumer toutes ces données en un tableau et une figure.

TABLEAU DES SEPT PRINCIPES DE L'HOMME
(Rapports et Localisations)

7	**7**	**L'Ame divine.** *Divinité.*	Esprit de l'Esprit.
ESPRIT **Inspiration**	**6**	**L'Ame angélique.** (Quelques cellules nerveuses élevées; surtout hors de l'être.) *Spiritualité.*	Vie de l'Esprit.
	5	**L'Ame humaine.** (Cerveau) *Intellectualité.*	Corps de l'Esprit. Esprit de la Vie.
4 **VIE** **Passion**	**4**	**L'Ame animale.** (Grand sympathique.) *Instinct.*	Vie de la Vie.
1 **CORPS** **Besoins**	**3**	**Le Corps astral.** (Globules sanguins et ganglions nerveux.)	Corps de la Vie. Esprit du Corps.
	2	**La Vitalité.** (Vie propre des cellules organiques.)	Vie du Corps.
	1	**Le Corps.**	Corps du Corps.

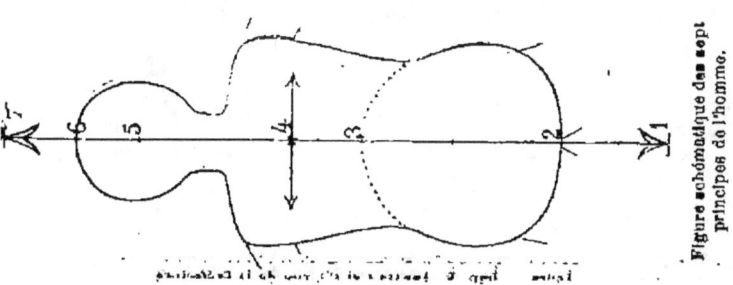

Figure schématique des sept principes de l'homme.

Muni des données précédentes, le lecteur comprendra sans peine le plan sur lequel ce tableau et cette figure ont été construits. Des considérations fort importantes peuvent être tirées de l'étude des sept principes de l'homme ; mais la place nous manque et force nous est de renvoyer ces études à un autre article.

PAPUS (M. S. T.)
S. I.

Tours. — Imp. E. ARRAULT et Cⁱᵉ, rue de la Préfecture.

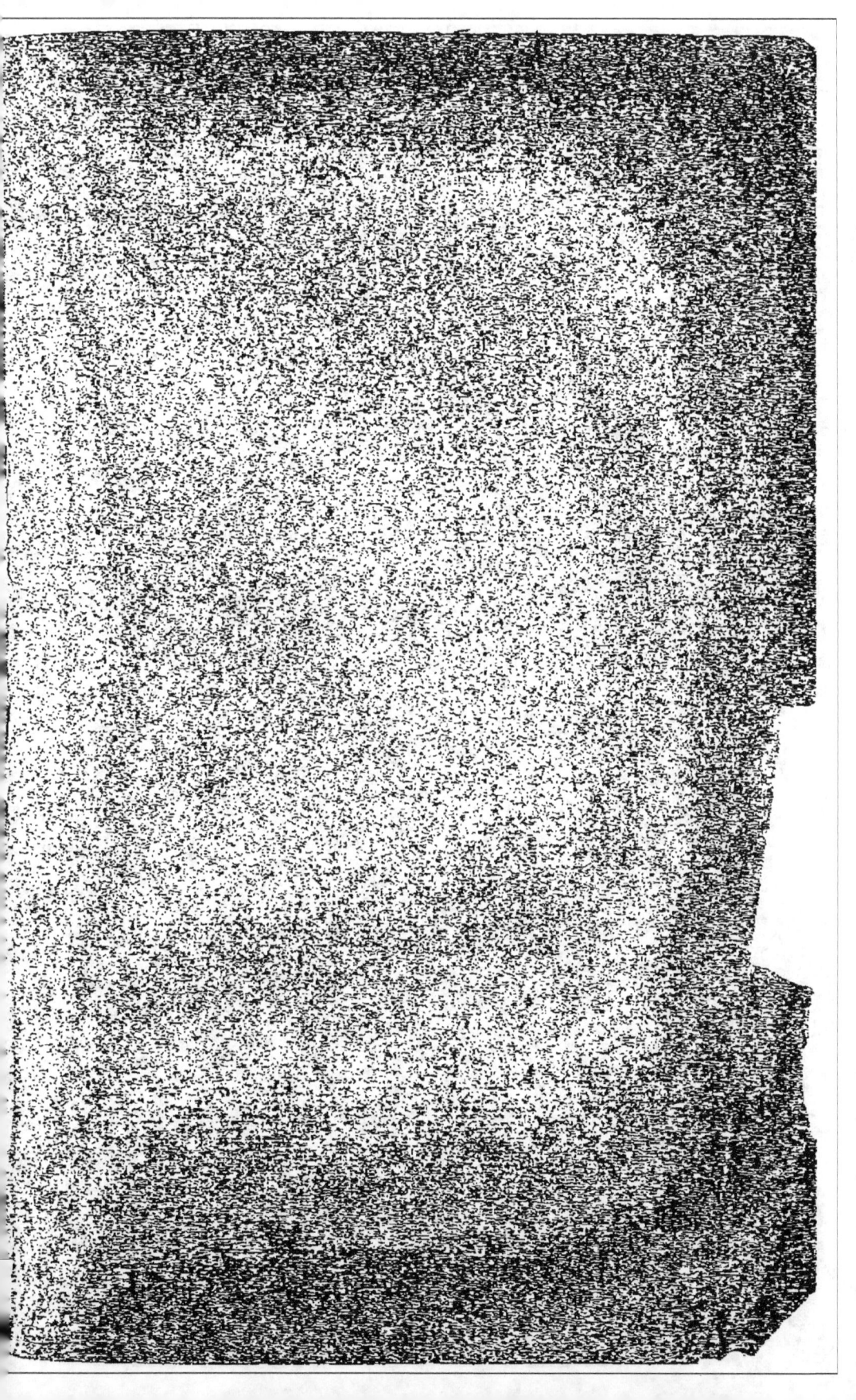